ARABELLE

ET

ALTAMONT,

TRAGÉDIE

En trois Actes, en Vers.

PAR M. de LA MONTAGNE,

Auteur de plusieurs Poëmes dramatiques, Poésies diverses et Ouvrages traduits de l'Anglois.

Sed Tityus nobis hic est in amore jacentem
Quem volucres lacerant atque exest anxius angor.
(*Lucret. de rer. nat. lib.* 3.)

A PARIS;

De l'Imprimerie de CREUZE et Compagnie, rue des Prêtres Saint-Paul, N°. 5.

1791.

A MONSIEUR DE POUGENS.

CHER ET RESPECTABLE AMI.

IL y aura bientôt douze ans, qu'étant occupé à relire les lettres de Julie, par J. J. Rousseau, je fus frappé d'une situation (1) qui se trouve dans cette composition romanesque. C'est celle où l'on voit le vieux baron aux genoux de sa fille qu'il cherche à attendrir, pour l'engager à épouser M. de Wolmar qu'elle n'aime point, en faisant le sacrifice de l'amour qu'elle a pour un autre. Cette situation ne produit aucun effet, par plusieurs raisons; elle n'est point préparée. On se rappelle que M. le Baron de Lausanne, sur un simple soupçon que mademoiselle sa fille auroit bien pu déroger jusqu'à aimer un roturier, lui applique un vigoureux soufflet, action plus digne d'un grossier la Tulipe, que d'un officier supérieur ,

------

(1) J'ai parlé, plus en détail, de cet ouvrage singulier, dans la préface de Cornélia Sedley. Rousseau s'est toujours tellement plu à s'écarter de la nature dans les portraits quil a tracés, qu'il a choisi le sujet de Pygmalion pour en faire une scene dramatique. On sait que si une statue, par sa nudité, peut exciter des desirs voluptueux, il est impossible qu'elle produise cet amour moral dont le théâtre nous offre le tableau; amour qui est le résultat d'un nombre infini de sensations diverses qu'une belle statue ne peut donner. Un espagnol, dit-on, se laissa enfer-

qui auroit dû au moins avoir appris dans ses voyages, qu'on ne soufflete point une demoiselle de dix-huit ans. Mais il faut l'excuser, et, comme dit Rousseau le poëte :

> C'est la politesse d'un Suisse
> En Hollande civilisé.

Un homme de cette trempe n'est guere disposé à prendre auprès de sa fille l'attitude d'un suppliant (1). Julie s'est rendue coupable d'une faute grave ; son sacrifice ne touche guère, et l'on peut même croire qu'ayant déjà essayé M. de St-Preux, elle ne seroit pas fâchée de tâter d'un autre. Cependant, je crus voir que cette situation, élevée à la dignité du Cothurne, et préparée convenablement, pourroit produire un grand effet au théâtre, qui n'a pas encore offert un pareil tableau (2). Je la regarde comme un diamant brut qui, étant mis en œuvre par un ha-

---

mer dans l'église de Saint-Pierre de Rome, pour faire, tête à tête, une déclaration d'amour à une belle statue ; mais il fut aisé de voir, le lendemain, que cet amour n'étoit rien moins que platonique. Cependant, des spectateurs ont la patience d'écouter le long monologue de Rousseau sur ce beau sujet.

(1) Le Pape Ganganelli, qui ne lisoit pas toujours son bréviaire, a défini la maniere de composer de Rousseau, avec autant d'esprit que de goût et de vérité, en disant que c'étoit un peintre excellent pour les draperies, mais qui manquoit les têtes de ses personnages.

(2) Croiroit-on que des esprits routiniers, de véritables manœuvres dramatiques, incapables de sortir du cercle étroit des combinaisons usitées, ont objecté qu'on n'avoit

bile ouvrier, formeroit un nouveau fleuron pour la couronne de Melpomène. Sans consulter mes forces, bien jeune encore, et long-tems occupé d'études arides et abstraites, j'osai me charger de cette tâche. La Pièce, commencée à Bordeaux en 1780, fut achevée au mois de mars 1781, trois mois après mon arrivée à Paris. Je la présentai à la Comédie Françoise ; mais inconnu, sans appui, comment aurois-je pu seulement parvenir à faire lire mon Ouvrage ? La Muse tragique n'avoit qu'un temple où les élus seuls jouissoient du droit d'être admis ; mais sa sœur Thalie possédoit plusieurs maisons. Je pouvois mettre en circulation deux Comédies qui étoient dans mon porte-feuille, et j'allai frapper de porte en porte.

Je ne m'étois point trompé, cher ami, sur l'effet de la situation dont je viens de vous entretenir, puisque la Pièce ayant été jouée deux fois sur des théâtre de société, ce moment de l'action fut interrompu par les plus vifs applaudissemens. Les deux derniers actes de ma Pièce, qui étoit alors en cinq actes, ne parurent pas soutenir l'intérêt ; et la catastrophe sanglante (1) par laquelle se terminoit le drame, ne produisit pas l'impression que j'en attendois. D'ailleurs, un grand nombre de vers prosaïques déparoient le style. Je mis donc cet ouvrage à côté, et cessai entièrement de m'en occuper.

---

jamais vu au théâtre, un pere aux genoux de sa fille ? et les gens de lettres sont souvent jugés, en dernier ressort, par de pareils automates.

(1) L'amant poignardoit sa maîtresse, au moment qu'elle alloit à l'autel, et se frappoit ensuite.

Vous savez que, dégoûté par tous les désagrémens qu'il m'a fallu essuyer pour mettre au théâtre mes ouvrages dramatiques, je m'étois réduit au modeste office de traducteur ; mais les troubles survenus dans la Capitale ayant paralysé pour le moment cette branche de la librairie, j'ai profité de mon désœuvrement pour revoir ma Pièce. D'abord je fus tenté de la jetter au feu ; mais les entrailles paternelles s'émurent.

Bis patriæ cecidere manus.

Enfin, ranimant mon courage, retranchant d'un côté, alongeant de l'autre, et faisant subir à cet enfant de mes veilles le supplice de Procuste (1), je le mis dans l'état ou je l'offre aujourd'hui au public, n'ayant pu parvenir à le produire au théâtre ; depuis trois ans que je le promène d'un spectacle à un autre.

Vous avez certainement remarqué, cher ami, lorsque vous voulutes bien écouter la lecture de cet ouvrage, les préparations que j'ai employées pour amener le tableau principal. Le caractere tendre et sensible du pere d'Arabelle, annonce un de ces vieillards qui, à mesure qu'ils avancent en âge, deviennent sujets à une tendresse enfantine qui les fait pleurer à la moindre occasion. Hélas ! nous finissons comme nous avons commencé. Ce bon vieux

---

(1) Ce brigand faisoit étendre sur un lit les passans dont il s'étoit rendu maître. Par son ordre on coupoit les pieds et les jambes à ceux qui étoient plus longs que ce lit, et l'on allongeoit avec des cordes ceux qui n'étoient pas aussi grands. Voyez la Mythologie.

Chevalier ne peut se résoudre à user de rigueur envers sa fille; il a besoin d'être aimé (1) d'elle, et, comme je lui fais dire :

> Aux portes du tombeau lorsque le temps m'appelle,
> Que du moins, m'accordant ses soins consolateurs,
> Ma fille sur mes pas répande quelques fleurs.

« L'amour, avez-vous dit, cher ami, dans un » de vos ouvrages (2) uniforme dans son but, irré- » gulier dans sa marche, suit mollement l'em- » preinte que la nature assigne à chaque individu. » Il n'a point de caractere propre, et il est aussi va- » rié que les physionomies ». Cela me paroît bien vu ; aussi l'amour n'est point une passion dominante qui nous suit jusqu'au tombeau sans interruption ; c'est une maladie d'accès ; elle fait taire les autres passions, mais c'est pour le moment, comme dans une complication de maux, la partie la plus dou- loureuse paroît la seule affectée. L'amour, ce des- pote qui veut régner seul, montre encore plus la force du caractère dominant avec qui il est obligé de s'associer et de partager l'empire, et ce caractère, que rien ne peut dompter, semblable à un tigre en-

_____

(1) Cette expression est devenue bien chere au cœur des François, depuis que notre auguste Monarque s'en est servi dans le discours si touchant qu'il a adressé à l'Assemblée nationale. Le François, fidèle à son roi, s'écrie depuis long-temps : *Jam satis.*

(2) Voyez dans le Journal de la Langue Françoise, juin 1791 N° 12, par M. Domergue, deux articles de M. Pougens, intitulés : *Amitié et Amour* ; l'un et l'autre sont écrit avec beaucoup d'agrément. L'art. Amour est d'un métaphisicien initié dans les mysteres des grandes passions.

chaîné, fait encore plus voir les efforts dont il est capable par les secousses violentes qu'il donne à sa chaîne. Voyez l'avare amoureux, prêt à épouser celle qu'il aime; un autre auroit l'ame énivrée d'un tel bonheur, mais lui, il songe toujours à ses intérêts; il exige une dot, et ne veut pas qu'elle soit uniquement fondée sur les privations de sa future, parce qu'il faut *qu'il touche quelque chose*.

D'après ces principes, j'ai représenté Arabelle comme unissant beaucoup de sensibilité à une grande énergie. L'amour exalte ces qualités, leur donne un ton plus vigoureux, semblable à ces sels actifs et pénétrans qui réhaussent les couleurs dont on se sert pour la teinture. Mais pour empêcher cette ame ardente de sortir des bornes du devoir, je lui ai donné ces sentimens de respect et d'amour qu'une fille bien née doit à son pere. Vous avez remarqué ces vers de préparation.

> Car en tout temps docile, attentive à sa voix,
> Je tremble s'il me faut résister à ses lois
> Et sortir du respect que l'on doit à son pere.
> Ce n'est pas que mon cœur redoute sa colere;
> Je brave son courroux; mais je crains sa douleur.

D'après cela, on ne sera pas surpris qu'elle repousse les ordres menaçans de son pere, et qu'elle se rende à sa voix suppliante. Enfin, le moment où elle s'emporte contre son pere, peint vivement le délire de l'amour, qui lui fait oublier son devoir.

C'est par un tel artifice, cher ami, que les situations les plus extraordinaires rentrent dans la classe des événemens naturels. Les anciens ont porté cet art des préparations au plus haut point. Lorsque dans cet admirable quatrième livre de l'Énéide, j'entends Didon s'exprimer ainsi :

Huic uni forsan potui succumbere culpæ.

Je la vois déjà dans la grotte avec Énée. Une femme qui fait un pareil aveu est bien près de sa chûte. Enfin, lorsque, oubliant les regles de la pudeur, elle dit à son ingrat amant, avec une tendresse si touchante ;

Saltem si qua mihi de te suscepta fuisset
Ante fugam soboles ; si quis mihi parvulus aulâ
Luderet Æneas, qui te tantum ore referret :
Non equidem omnino capta aut deserta viderer.

Qui ne la voit alors étendue sur le bûcher funèbre, frappée du poignard qu'a mis dans son sein le désespoir où l'a réduite le départ de l'infidèle ?

Quelle étonnante création que le rôle d'Électre dans la Tragédie de Sophocle qui porte ce nom ! Comment représenter avec des couleurs naturelles une fille qui n'aspire qu'au meurtre de sa mère, pour venger l'auteur de sa naissance ? Voyez comme son caractère est aigri par les mauvais traitemens qu'elle endure chaque jour : elle consume sa jeunesse dans l'opprobre et dans une triste virginité, revêtue de vêtemens indignes de son rang, *aeicei sun stola*. Elle habite ce même palais teint du sang d'Agamemnon, et voit son meurtrier assis sur son trône et revêtu des mêmes ornemens royaux dont il étoit décoré. On a cité le fameux ô *Tecnon ! Tecnon !* ô *mon fils ! ayez pitié de votre mère* ; mais c'est-là le tragique du peuple ; il est donné par le sujet.

C'est lorsqu'Électre , dans ce moment qui fait frémir , fermant son cœur à la pitié , et voyant toujours l'ombre sanglante d'Agamemnon , répond à
Clytemnestre : « Mais vous , avez-vous eu pitié de
,, mon père ,, ? A ces terribles paroles mes cheveux
se dressent , mon sang se glace d'horreur. Il étoit
réservé au génie de Sophocle de frapper un coup si
tragique.

Je ne m'arrêterai pas long-temps , cher Ami , à
prouver qu'un amant désespéré peut attenter aux
jours de celle qu'il aime, pour empêcher qu'elle ne
devienne l'épouse d'un autre ; c'est malheureuse-
ment ce qu'on a vu plus d'une fois. On se rappelle
le meurtre de Miss Ray , commis en 1779 , sous le
portique de Covent-Garden , par un officier qu'elle
avoit promis d'épouser , et à qui elle avoit manqué
de parole. Dernièrement M. Éliot est mort dans la
prison de Newgate , où il avoit été enfermé après
avoir tiré un coup de pistolet à Miss Boydel. A
Paris on a vu , il n'y a pas long-temps , un spectacle des plus affreux dans ce genre. Un peintre ,
après avoir porté plusieurs coups de couteau à sa
maîtresse , qui devoit se marier le lendemain , en-
tendant le bruit des gens qui venoient à son secours ,
se précipita par une fenêtre. Cet horrible délire, que
j'ai essayé de peindre , offre le principal but moral
de mon ouvrage , qui peut ajouter un nouveau tableau à ceux dont un amour malheureux a donné
le funeste spectacle.

J'aurois encore bien des choses à dire relative-
ment à l'Art dramatique , qui , dans les circons-
tances présentes , est menacé d'une décadence totale ;
mais j'excéderois les bornes d'une lettre. Je les réserve

pour

pour une autre occasion, si le découragement où l'on m'a réduit me permet encore de rentrer dans la lice. Adieu, cher et digne Ami, continuez-moi toujours votre amitié, et ne doutez jamais de la tendre et respectueuse reconnoissance de votre fidèle Ami.

LAMONTAGNE.

Paris, 31 octobre 1791.

N. B. Les autres ouvrages de l'Auteur sont, *la Théâtromanie*, *l'Enthousiaste*, *le Café de Rouen*, *la Physicienne*, *la nouvelle Zélandoise*, Opéra, musique de M. Chapelle, au moment d'être représenté. On trouve chez M. Knapen, au bas du Pont Saint-Michel, le *Recueil des Poésies diverses*.

PERSONNAGES.

Le Comte de LUSSAN, pere d'Arabelle.

ARABELLE.

ÉLÉONOR, Confidente d'Arabelle.

ALTAMONT, Chevalier, Amant d'Arabelle.

LORÉDAN, Chevalier, à qui Arabelle a été
promise.

ADOLPHE; Écuyer d'Altamont.

ALONZE, Écuyer de Lorédan.

Un autre Écuyer.

Chevaliers, Écuyers, etc.

*La Scène est dans le Château du Comte de Lussan,
au pied des Pyrénées. L'action se passe en 1270,
l'année de la mort de Saint Louis.*

ARABELLE

ET

ALTAMONT,

TRAGEDIE.

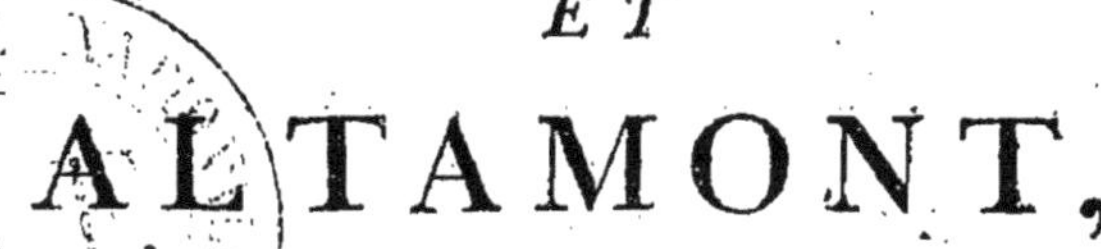

ACTE PREMIER

SCENE PREMIERE.

Le Théâtre représente un Portique vaste, terminé par un jardin décoré avec magnificence. On voit les Pyrénées s'élever dans l'enfoncement.

ARABELLE, ELÉONOR.

ELÉONOR.

CE jour heureux nous luit. Déja les Pyrénées
Des rayons du soleil paroissent couronnées,
Et bientôt, de l'hymen éclairant les doux nœuds,
Les flambeaux sur l'Autel feront briller leurs feux.

A

Jeune Arabelle, enfin vous pouvez, sans foiblesse,
Vous livrer aux transports d'une pure tendresse.
A vos destins uni, dans ce jour solemnel,
Altamont, votre amant, connoîtra qu'un mortel,
Près d'un objet aimable et vertueux et tendre,
A des biens plus parfaits n'a pas droit de prétendre.

ARABELLE.

Si mon cœur lui suffit, sans doute, il est heureux:
C'est vers lui, dès long-temps, que se portent mes vœux.
Eléonor, tes yeux n'ont pu voir dans mon ame
Les premieres lueurs de ma naissante flamme,
Lorsque, dans ce château par son pere amené,
Du laurier des vainqueurs il parut couronné.
Ces jeux qui, dans la paix, des combats sont l'image,
Avoient fait dans la lice éclater son courage.
Ah ! qu'un guerrier bientôt sait fixer notre choix,
Lorsqu'il met à nos pieds le prix de ses exploits !
Que mon sexe est flatté d'une telle conquête !
Pour Arabelle enfin ce triomphe s'apprête.
Altamont fut touché de mes foibles appas :
Il suivoit en tous lieux la trace de mes pas ;
Cependant il gardoit un timide silence,
Et ce fier Chevalier trembloit en ma présence.
L'amour en vain se cache et voudroit nous tromper :
Aux yeux qui l'ont fait naître il ne peut échapper.
J'avois déja su lire au fond de sa pensée ;
Je voyois dans son cœur mon image tracée,
Lorsque sa bouche, osant exprimer son ardeur,
Par le plus tendre aveu confirma mon bonheur.

ELÉONOR.

Dans ces heureux momens, d'une flamme ingénue
Avez-vous découvert le secret à sa vue ?
Ne lui fallut-il pas payer d'un long tourment
Tout ce qu'a de douceur un aveu si charmant ?

TRAGÉDIE

ARABELLE.

J'étois trop jeune alors pour que l'expérience
M'eût enseigné déja l'art de la défiance.
Ce n'est point à cet âge où l'on a des secrets,
Où l'on sait composer ses discours et ses traits.
J'aimois, et je le dis. Ah, pour les cœurs fideles,
Le temps, comme l'amour, devroit quitter ses ailes !
A peine mon amant avoit reçu ma foi,
Qu'un ordre impérieux l'entraîna loin de moi.
Fameux par ses malheurs, sa pieuse vaillance,
Louis, contre l'Afrique, armoit toute la France ;
Et bientôt Altamont, suivant ses étendarts,
Des cruels Sarrasins aborda les remparts.
Avec lui disparut le charme de ma vie ;
Je crus dans un tombeau me voir ensevelie.
Ces bois silencieux et ces antres profonds,
Ces rochers suspendus au sommet de ces monts,
L'uniforme blancheur des neiges entassées
Qui regnent en tout temps sur leurs cimes glacées,
Tout remplissoit mon cœur de tristesse et d'ennui :
Hélas, tout me charmoit, quand j'étois près de lui !
Dans un asyle obscur, solitaire et sauvage,
Mon ame en liberté contemploit son image.
Les héros sur le marbre en ces lieux retracés,
Souvent dans un bosquet tenoient mes yeux fixés,
Et des traits de l'amant dont je pleurois l'absence,
Je tâchois d'y trouver la douce ressemblance.
Enfin, dans ce séjour qui vit naître nos feux,
Un plus heureux destin nous réunit tous deux.
Le pere d'Altamont, à qui le sort funeste
A laissé dans ce fils tout l'espoir qui lui reste,
Le voyant de retour du rivage afriquain,
Envoyé par Louis pour un secret dessein,
Au Comte de Lussan l'a proposé pour gendre :
Mon pere à ses desirs a bien voulu se rendre.

A ij

ARABELLE ET ALTAMONT

ELÉONOR.

Jouissez donc des biens qui vous sont destinés :
L'hymen joindra vos cœurs par l'amour enchaînés.
Quand leurs flambeaux unis éclairent cette fête,
Quelle félicité pour deux époux s'apprête !
Mais, lorsqu'on obéit au pouvoir paternel,
C'est rarement l'amour qui nous mene à l'autel.

ARABELLE.

Ah ! je fus exposée à cette loi commune !
Elle devoit aussi causer mon infortune.
Avant que ma tendresse eût engagé ma foi,
Un autre qu'Altamont étoit maître de moi.

ELÉONOR.

Ainsi, sans votre aveu votre main fut promise.

ARABELLE.

Quand les fiers habitans des bords de la Tamise
Jusqu'au pied de ces monts apportoient la terreur,
Mon pere, armé contre eux, et bravant leur fureur,
Parmi leurs bataillons déployoit sa vaillance,
Et son casque rompu le laissoit sans défense.
Un soldat de sa vie alloit trancher le cours ;
Mais un de nos guerriers vint défendre ses jours :
Il repoussa du fer l'atteinte meurtriere :
L'ennemi fut contraint de mordre la poussiere.
Par ce brave français mon pere fut sauvé,
Et d'une mort certaine en ce jour préservé.
Le Comte se livrant à sa reconnoissance,
Lui promet aussi-tôt ma main pour récompense ;
Il le nomme son fils, le pressant dans ses bras.
Enfin dans ce séjour il conduisit ses pas,
Me l'offrit, m'annonçant que je l'aurois pour maître.
A peine j'avois vu douze printemps renaître.

Lorédan , c'est le nom de ce héros français ,
De notre hymen encor différant les apprets,
Dans les champs afriquains , tout fumans de carnage ,
De la religion courut venger l'outrage ;
Et montrant sa valeur contre les Sarrasins ,
Percé d'un coup fatal , termina ses destins.
C'est ainsi que la mort , rompant notre hyménée ,
Me délivra du joug où j'étois condamnée.....
On vient.... C'est Altamont.

SCENE II.

ARABELLE, ELÉONOR, ALTAMONT.

ALTAMONT

(richement vêtu suivant le costume des Chevaliers , mais sans casque et sans armes).

IDOLE de mon cœur,
O vous, objet charmant , gage de mon bonheur,
En présence du Ciel, vous allez faire entendre
L'aveu qui me répond de l'amour le plus tendre.
Je vais donc recevoir le nom de votre époux :
Vous vivrez pour moi seul, et je vivrai pour vous.
Nous pourrons désormais, sans avoir rien à craindre ,
Faire éclater des feux qu'il nous falloit contraindre.
O vous, que sans espoir, j'adorai si long-temps,
Jugez de mes transports, après tous mes tourmens !
Au milleu des drapeaux, dans l'enceinte des villes
Mon cœur voloit toujours vers ces rians asyles
Où, près de vous heureux, j'oubliois à la fois
Et les lauriers de Mars, et la faveur des Rois.
Mais l'hymen aujourd'hui paré de tous ses charmes,
De l'amour gémissant vient essuyer les larmes.
Ah ! croyez que les nœuds qui vont m'unir à vous,

Chaque jour deviendront et plus forts, et plus doux ;
Croyez que dans mon cœur votre image tracée,
Seulement par la mort peut en être effacée.

ARABELLE

Et la mort seule aussi, me ravissant le jour,
Dans mon cœur enflammé peut éteindre l'amour.
Ce sentiment vainqueur que vos soins ont fait naître,
N'a pas jusqu'à ce jour différé de paroître ;
Et, malgré la pudeur et ses austeres loix,
A cet amour naissant j'osai prêter ma voix.
Si j'en ai fait l'aveu, lorsque c'étoit un crime,
Aujourd'hui que l'hymen rend ce feu légitime,
Quand son flambeau pour nous est prêt à s'allumer,
Puis-je former des vœux que je n'ose exprimer !
Je ne dois plus chercher les ombres du mystere ;
Et ce seroit un crime aujourd'hui de me taire.
O plaisir sans remords ! Cher amant, cher époux,
Vous ne l'ignorez pas, tout mon cœur est à vous.
Mon ame à ses transports, à peine peut suffire ;
Ce n'est qu'en vous voyant que je vis et respire.
Que je sois avant vous victime du trépas !
Puisse votre Arabelle expirer dans vos bras !
A cette douce mort si je suis destinée,
Des épouses la vôtre est la plus fortunée.
Mais, Seigneur, écartons ces noirs pressentimens :
Pourquoi de ce beau jour attrister les momens !
Vous n'en pouvez douter, oui, mon bonheur suprême
Est de me voir aimée autant que je vous aime.

ALTAMONT

Arrête, c'en est trop : je ne résiste plus
Aux transports violens dont mes sens sont émus ;
D'un amant trop sensible, épargne la foiblesse ;
Dérobe à mes regards l'excès de ta tendresse.
D'un bonheur si parfait l'homme ne peut jouir :

Ainsi qu'à la douleur, on succombe au plaisir.
Chere amante....!

SCENE III.

ARABELLE, ELÉONOR, ALTAMONT,
Le Comte DE LUSSAN.

Le Comte DE LUSSAN.

SEIGNEUR, il est temps de paroître,
Et tous nos Chevaliers desirent de connoître
Celui qui de ma fille est aujourd'hui l'époux.
Nos amis, nos parens se sont rassemblés tous ;
Et, charmés comme moi de l'hymen qui s'apprête,
veulent de leur présence honorer cette fête.
Daignez me suivre : il faut vous montrer à leurs yeux.

ALTAMONT.

Quoi, mon bonheur s'approche ! O jour délicieux !
Seigneur, vous, que bientôt je vais nommer mon pere.
Que déja sous ce titre, et j'aime et je révere,
Je vais suivre vos pas ; aux yeux de vos amis,
Je vais m'enorgueillir du nom de votre fils.
Comtemplant les apprets d'un si doux hyménée,
Et la beauté charmante à mon sort enchaînée,
Est-il un Chevalier qui ne seroit jaloux
De se voir votre fils et d'être son époux !

SCENE IV.

Les mêmes, un ECUYER.

L'ECUYER
(au Comte de Lussan).

UN guerrier, dont l'aspect annonce la naissance,
Vous demande, Seigneur, un moment d'audience.
De quelque grand malheur il paroît affligé :
D'un panache de deuil son casque est ombragé :
La funebre couleur dont son armure est peinte
Témoigne le chagrin dont son ame est atteinte.
La visiere baissée, il nous cache ses traits.
Il arrive d'Afrique et du camp des Français.

Le Comte DE LUSSAN.

Sans doute, il vient ici porter quelque nouvelle
De ce pieux Monarque, enflammé d'un saint zele,
Qui fait briller partout l'étendart de la Croix,
Et, vengeur de ce Dieu dont nous suivons les loix,
Court arracher sa tombe aux mains de ces barbares,
Des malheureux Chrétiens persécuteurs avares.
Qu'il vienne : il peut entrer.

(L'Ecuyer introduit le Chev. Lorédan.)

SCENE V.

Les mêmes, LORÉDAN, ALONZE.

LORÉDAN
*(revêtu d'une armure noire, la visiere de son casque baissée,
au Comte de Lussan)*.

EXCUSEZ-moi, Seigneur,

Si de paroître ici j'ai demandé l'honneur.
Obligé de remplir un ordre qui m'amene
Des remparts de Tunis aux rives de la Seine,
J'ai dû ne point passer sans vous donner avis
De l'état de la guerre et du sort de Louis.

Le Comte DE LUSSAN.

Votre bonté m'accorde une faveur bien chere.
Généreux Chevalier, daignez ne me rien taire :
Tous les cœurs sont émus au nom de ce héros
Qui, bravant les dangers, accablé de travaux,
Au Souverain des Rois, consacrant sa vaillance,
Des Chrétiens opprimés, est l'unique espérance.

LORÉDAN.

Seigneur, Louis n'est plus.

Le Comte DE LUSSAN.

Dieu, qu'entends-je ! O douleurs !

LORÉDAN.

Son cercueil maintenant est mouillé de nos pleurs.

Le Comte DE LUSSAN
(*après une pause*).

Le Trône à ses desirs ne pouvoit pas suffire :
Pour sceptre il lui falloit la palme du martyre.
Ce Dieu, qu'il a servi dès ses plus jeunes ans,
Par des biens éternels remplit ses vœux ardens.
Ne plaignons pas son sort ; pleurons notre misere ;
Pleurons sur les Français : ils ont perdu leur pere.
Mais comment de ses jours s'est éteint le flambeau ?
Quel coup a pu plonger ce Monarque au tombeau ?
Daignez de son trépas faire un recit fidele.
Un Roi tel que Louis, des Princes le modele,
Des bords de son cercueil instruit les Nations,
Et ses derniers momens sont encor des leçons.

B

LORÉDAN.

Quand Louis descendit sur cet affreux rivage
Où jadis s'élevoient les remparts de Carthage,
Où rien ne s'offre aux yeux des voyageurs errans
Que des palmiers épars dans des sables brulans,
L'astre du jour, alors parcourant le tropique,
Embrasoit de ses feux les déserts de l'Afrique.
Le soldat accablé du poids de la chaleur,
D'un ciel plus tempéré regretta la douceur.
Fille de ces climats, bientôt l'horrible peste
Infecta tout le camp de sa vapeur funeste :
On ne voyoit partout que des corps expirans
Les morts étoient en proie aux oiseaux dévorans.
Quel tableau pour Louis, pour ce héros sensible!
Il voit tomber les siens sous un glaive invisible.
Mais, tandis que la mort moissonne ses sujets,
Ne croyez pas qu'il veuille échapper à ses traits.
D'un air empoisonné l'influence homicide
N'arrête point ses pas que l'humanité guide.
A ses soldats lui-même il offre les secours
De cet art précieux qui veille sur nos jours;
A ceux de qui la mort a glacé le courage,
D'un Dieu sauveur du monde il présente l'image ;
Il soutient leur foiblesse, il ranime leur foi,
Et remplit les devoirs de Pontife et de Roi.
Mais sa force succombe au zele qui l'anime.
De la contagion cette illustre victime
Voit sans frémir la tombe ouverte sous ses pas ;
Le juste n'a jamais redouté le trépas.
Ces mysteres sacrés qui causent tant d'alarmes
A ceux que le plaisir égara par ses charmes,
Du Monarque chrétien remplissant tous les vœux,
A ses ragards mourans semblent ouvrir les Cieux.
Il meurt: et les témoins d'une vertu si rare,
Présageant les honneurs que Rome lui prépare,

Joignent aux respects dus à la cendre des Rois,
Le culte qu'on réserve aux martyrs de la Croix.
Le deuil regne par-tout ; on voit couler les larmes
De ces Chrétiens captifs par le destin des armes,
Dont sa tendre pitié fit cesser les malheurs,
Lorsqu'il les délivra des fers de leurs vainqueurs.
Parmi ces prisonniers, nous avons vu paroître
Un guerrier dont le nom vous est connu peut-être,
Lorédan.......

A R A B E L L E.

Lorédan !

Le Comte DE LUSSAN.

     Ne vous trompez-vous pas,
Seigneur, ce Chevalier que le sort des combats....?

L O R É D A N.

Laissé parmi les morts, mais sauvé du carnage,
Il a gémi long-temps dans un dur esclavage ;
C'est à Louis qu'il doit....

Le Comte DE LUSSAN.

     Mais, s'il voyoit le jour,
Auroit-il en ces lieux différé son retour ?
Le nœud qui nous unit....

L O R É D A N

(à part.)

     Ah ! c'est trop me contraindre ;
Je ne puis plus-long-tems me déguiser et feindre.
(haut.)
Vous voyez ce guerrier échappé du trépas ;
C'est lui, c'est Lorédan qui vous tient dans ses bras.
(Il leve la visiere de son Casque, et se précipite dans les
 bras du Comte.)

       B ij

Le Comte DE LUSSAN.

O mon cher fils ! ô vous qu'un rapport infidele
Me faisoit croire... !

ARABELLE
(tombant dans les bras d'Eléonor).

Dieu, je me meurs !

ALTAMONT.

Arabelle !
Votre fille, Seigneur....

Le Comte DE LUSSAN.

Ah ! par de prompts secours
De ses esprits troublés qu'on ranime le cours !
(à Lorédan.)
Je vous quitte un moment, Seigneur : daignez m'attendre ;
Auprès de vous ici je vais bientôt me rendre.

(On emporte Arabelle, son pere et Altamont la suivent.)

SCENE VI.

LORÉDAN, ALONZE.

LORÉDAN.

Adorable beauté qui me tiens sous ta loi,
Ton cœur a-t-il frémi de tendresse ou d'effroi ?
Quel est ce Chevalier ? Le danger d'Arabelle
A paru le saisir d'une frayeur mortelle.
Seroit-il son amant.... ou le sort en courroux
M'offre-t-il pour rival un odieux époux ?

ALONZE.

Quoi, déja les soupçons tyrannisent votre ame !
Vous revoyez, Seigneur, l'objet de votre flame :

C'étoit là, disiez-vous, votre plus doux espoir :
Ah ! jouissez en paix du bonheur de la voir !
Compagnon de vos fers, dans un long esclavage,
Je vous ai vu toujours adorer son image.
L'amour, de son flambeau réchauffant votre cœur,
D'un cachot ténébreux éclaircissoit l'horreur.
Des pleurs qu'il fait verser vous connoissiez les charmes :
Bientôt un doux espoir dissipoit vos alarmes.
Du Comte de Lussan vous sauvâtes les jours,
Et sa fille est le prix de cet heureux secours.
Sa promesse, Seigneur, ne peut être frivole ;
Jamais un Chevalier ne trahit sa parole.

LORÉDAN.

Le bruit de mon trépas a dégagé sa foi.
Quoi, l'objet de mes vœux ne vivroit plus pour moi !
Sa beauté, cher Alonze, a passé mon attente :
Et, si j'en admirai l'aurore encore naissante,
Lorsque dans sa splendeur elle frappe mes yeux,
Ah ! combien mon amour sent redoubler ses feux !
Dieu, qu'elle réunit de grace et de noblesse !
Que ses regards touchans inspirent de tendresse !
Que l'aimable pudeur qui brille sur ses traits,
Ajoute encor d'éclat à ses jeunes attraits !
Mais on vient... C'est son pere.
(Il fait signe à Alonze qui sort.)

SCENE VII.

LORÉDAN, Le Comte DE LUSSAN.

LORÉDAN
(courant au devant du Comte).

Ah, Seigneur... ! Arabelle...
Calmez l'inquiétude....

Le Comte DE LUSSAN.

On ne craint plus pour elle,
Et ses sens, trop émus, sont maintenant en paix.

LORÉDAN.

Puis-je bientôt, au gré de mes tendres souhaits....?

Le Comte DE LUSSAN.

Souffrez qu'auparavant par un aveu sincere,
Je dévoile à vos yeux cet étonnant mistere.
Après avoi donné des pleurs à votre mort,
Ma fille dans ce jour disposoit de son sort;
Un autre sous ses loix la voyoit enchaînée,
Et recevoit la main qui vous fut destinée.
Dans l'erreur si long-temps, nous deviez vous tenir?
Pourquoi sur vos destins, ne pas nous éclaircir?
Dans quel profond secret, la fortune cruelle,
De vos jours préservés, a caché la nouvelle.

LORÉDAN.

Si j'ai paru longtemps vous avoir oublié,
Accusez mon malheur et non pas l'amitié.
Dans des ruisseaux de sang étendu sur la plaine,
De morts environné, je respirois à peine.
Par un dernier effort, mes bras levés aux cieux
D'un des chefs ennemis attirerent les yeux:
Il me fit enlever de ce champ de carnage;
De ses soins bienfaisans ma vie est un ouvrage.
L'humanité vers moi paroissoit l'attirer.
Dans le cœur des humains quel œil peut pénétrer!
Ce barbare, brûlaut d'un fanatique zele,
espéroit qu'à ma loi je serois infidele,
Qu'à Mahomet enfin j'adresserois mes vœux.
Moi, quitter lâchement la foi de mes aïeux!
Devenir apostat! Pour dire plus encore,

Moi, renoncer au Dieu que votre fille adore.l
Lassé de mes refus, ce cruel Africain
Dans un sombre cachot me renferma soudain,
Empêcha que jamais, trompant sa vigilance.
Un écrit de mon sort ne donnât connoissance.
Il vit que sa rigueur ne pouvoit me fléchir :
L'ardente soif de l'or enfin vint le saisir ;
Il reçut ma rançon. Dans ma vive allegresse,
J'ai volé vers l'objet promis à ma tendresse ;
Et j'ai su prévenir, par un heureux retour,
Un hymen, que ma mort eût suivi dans ce jour.

Le Comte DE LUSSAN.

Oui, ma fille est à vous, Seigneur : cette alliance
Est le gage sacré de ma reconnoissance.
L'hymen, qui d'Altamont alloit combler les vœux,
Pour un autre que lui prépare ses doux nœuds.
Hélas, ce Chevalier brûle pour Arabelle !
Je frémis en songeant à sa douleur mortelle.

LORÉDAN.

Seigneur, lorsqu'Altamont saura quels sont mes droits,
Son cœur de l'équité doit entendre la voix :
Et quand je viens ici reclamer mon épouse,
Il ne peut qu'accuser la fortune jalouse.

Le Comte DE LUSSAN.

Ah ! ce n'est pas lui seul dont le sort m'attendrit !
Un soupçon plus cruel trouble encor mon esprit.
A travers l'embarras d'une pudeur craintive
Qui tient d'un cœur épris la tendresse captive,
J'ai cru voir que ma fille aimoit avec transport
Celui que ce jour-même unissoit à son sort.
Je sais bien que, soumise aux volontés d'un pere,
Son ame à mes desirs ne peut être contraire :
Mais quel pere cruel peut user d'un pouvoir

Qui réduira, Seigneur, sa fille au désespoir !
Eh ! quoi ? je cesserois d'être aimé d'Arabelle ?
Aux portes du tombeau lorsque le temps m'appelle,
Que du moins, m'accordant ses soins consolateurs,
Ma fille sur mes pas répande quelques fleurs.
Hélas, pourquoi faut-il que votre longue absence
A ce funeste amour ait donné la naissance !

LORÉDAN.

Mon malheur est-il donc un crime à vos regards ?
Seigneur, quand je suivis les nobles étendarts
Qui menoient nos guerriers vers ce sanglant rivage
Où des braves Croisés a brillé le courage,
Par d'éclatans exploits je voulois m'illustrer,
Pour mériter le prix qui devoit m'honorer.
Hélas, dans les horreurs d'un cruel esclavage,
Combien de fois j'ai vu succomber mon courage !
Non, je n'esperois plus revoir jamais ces lieux
Où l'aimable Arabelle enchaîna tous mes vœux.
L'amour me présentoit son image chérie
Par des charmes nouveaux chaque jour embellie.
Au repos de mon cœur un soupçon trop fatal
Venoit m'offrir alors le bonheur d'un rival.
Je n'en pourrai jamais supporter la présence.
Seigneur, de mes transports voyez la violence
Ayez pitié d'un feu que vous avez produit.
N'est-ce pas, dans ces lieux, vous qui m'avez conduit !
Aux rives de la Seine il faut bientôt me rendre ;
Je ne partirai point sans me voir votre gendre.
Votre fille vous aime : eh, peut-elle en ce jour
A votre défenseur refuser son amour !
M'abandonnera-t-elle à mon sort déplorable !

Le Comte DE LUSSAN.

Vous avez ma parole : elle est inviolable

LORÉDAN

LORÉDAN.

Je vais voir Arabelle, et disposer son cœur
A couronner l'espoir de ma fidelle ardeur.
  (*Il sort.*)

SCÈNE VIII.

Le Comte DE LUSSAN *seul.*

A quoi suis-je réduit ! Hélas, fille trop chere,
Pour la premiere fois, il faudra que ton pere
Se présente à tes yeux comme un maître irrité,
Et t'accable du poids de son autorité !
Que l'amour est un feu difficile à contraindre !
Peut-il à notre gré s'allumer ou s'éteindre !
O ciel, lorsqu'Altamont.....! Au moment d'être heureux,
Quand l'hymen s'apprêtoit à combler tous ses vœux,
De l'objet qu'il adore, on lui ravit les charmes :
Le jour de son bonheur devient un jour de larmes.
Pourra-t-il.....! Mais il vient.....Hélas, dans son erreur,
Il ne soupçonne pas cet horrible malheur !

SCENE IX.

Le Comte DE LUSSAN, ALTAMONT.

ALTAMONT.

Dissipez la terreur dont mon ame est émue;
Seigneur, de notre hymen la fête est suspendue.
Le prêtre nous attend, et l'autel est orné.
Votre fille gémit : tout paroît consterné.
Rien ne peut d'Arabelle appaiser les alarmes.

C

Nous allons être unis ; elle verse des larmes.
Eh, qui peut donc ainsi troubler un si beau jour ?
Seroit-ce Lorédan ? Son funeste retour
Est-il fait pour causer cette attente cruelle ?
Qui peut nous arrêter, quand l'hymen nous appelle ?

Le Comte DE LUSSAN

(avec beaucoup d'émotion et de trouble).
Oui … Lorédan.… Seigneur.… une fatale loi.…

ALTAMONT.

Eh quoi donc, vous n'osez lever les yeux sur moi !
Un pere, de son fils redoute-t-il la vue !

Le Comte DE LUSSAN

(à part).
Mon ame, à son aspect, de douleur abattue.…

ALTAMONT.

Vos regards.…. vos accens.… Seigneur vous pâlissez !
D'une secrette horreur tous mes sens sont glacés.

Le Comte DE LUSSAN

(avec moins de trouble et une voix plus ferme).
Savez-vous à quel point l'honneur, la foi nous lie,
Ce qu'on doit à celui qui nous sauva la vie !

ALTAMONT.

Sans doute un tel bienfait exige du retour ;
Et l'on doit tout, Seigneur, à qui l'on doit le jour.

Le Comte DE LUSSAN.

Je dois à Lorédan ce jour que je respire.

ALTAMONT.

Votre fortune enfin ne peut-elle suffire.…… ?

Le Comte DE LUSSAN.

Un seul de mes trésors, Seigneur, peut le charmer.

Je lui promis ma fille : il vient la réclamer.

ALTAMONT.

Et vous consentirez à le voir votre gendre.....!

Le Comte DE LUSSAN.

J'ai donné ma parole, et ne puis la reprendre.

ALTAMONT

(avec transport).

Vous ne formerez point ces nœuds infortunés.
Nos cœurs sont pour jamais l'un à l'autre enchaînés :
Et, si ce n'est pour moi, du moins pour Arabelle....

Le Comte DE LUSSAN.

Un si grand sacrifice en est plus digne d'elle.
Par égard pour celui qui lui donna le jour,
Son cœur obéissant va dompter son amour.

ALTAMONT

(avec la plus grande chaleur).

Non, ne l'espérez pas. Ce funeste hyménée
Terminera, Seigneur, sa triste destinée ;
Et son epoux barbare, en creusant mon tombeau,
De votre fille encor se verra le bourreau.
Oui ; je connois son cœur ; elle voudra me suivre.
A ma perte un moment elle ne peut survivre.
(Se jettant aux genoux du Comte.)
Je tombe à vos genoux, que j'arrose de pleurs.
Si de l'amour votre ame a connu les douleurs,
Soyez, soyez sensible aux tourmens que j'endure.
Ah, si tout est soumis aux loix de la nature,
Si son instinct puissant n'est jamais repoussé,
C'est dans le cœur d'un pere où son trône est placé !
Ah ! voyez moi couché sur la terre sanglante,
Et dans son désespoir votre fille expirante,

Dont les cris douloureux...! Seigneur, vous vous troublez !
D'un nuage de pleurs vos yeux semblent voilés ;
Vous tremblez dans mes bras... votre ame est attendrie....
Non, vous ne voulez pas nous arracher la vie.

Le Comte DE LUSSAN

(à part.)
O rigoureux devoir ! O trop fatal secours !
Lorédan, à quel prix tu défendis mes jours !
(haut.)
Seigneur, de vos tourmens l'affreuse violence,
Et l'amour de ma fille, et la reconnoissance,
De ma promesse encor le gage solemnel,
Jusqu'au fond de mon cœur tout porte un trait mortel.
Je succombe aux douleurs d'un supplice si rude.
Laissez moi, loin de vous cherchant la solitude,
Essayer les moyens d'accorder en ce jour
Mon devoir, ma parole, et les vœux de l'amour.

(Il sort, en paroissant accablé de douleur.)

SCENE X.

ALTAMONT *seul.*

DOIS-je espérer qu'enfin la pitié le fléchisse ?
Pourra-t-il ordonner ce cruel sacrifice ?
Insensible à la voix de l'amour paternel ?
Traînera-t-il sa fille aux marches de l'autel ?
Mais si, quoique certain qu'un autre a sa tendresse,
Mon rival à son sort veut unir ma maitresse....
Il a sauvé le Comte ; il peut tout dans ce jour ;
Et ses droits sont plus forts que ceux de mon amour.

SCENE XI.

ALTAMONT, ARABELLE.

ALTAMONT

(courant vers Arabelle).

O ma chere Arabelle !

ARABELLE.

Ah , dites-moi , mon pere
Vous a-t-il dévoilé ce terrible mystere ?

ALTAMONT.

Je sais que Lorédan veut s'unir à ton sort,
Que son bras de ton pere a prévenu la mort :
Le Comte m'a porté cette affreuse nouvelle.
Il m'a vu succomber à ma douleur mortelle :
Son ame à cet aspect a paru s'émouvoir ;
Mais c'est dans ton amour que j'ai mis mon espoir.
Tu ne souscriras point à cet ordre barbare :
Nos cœurs seront unis, si le sort nous sépare ;
Et jusques au tombeau fidele à mon ardeur,
Ta main restera libre , ou fera mon bonheur.

ARABELLE.

Tu connois ma tendresse , et tu me rends justice.
Altamont, ne crains pas que mon cœur te trahisse.
De moi n'exige point un frivole serment :
Va , ce cœur qui t'adore est ton plus sûr garant.
Toi qui seul de l'amour m'as fait sentir la flamme,
Et qui seul , pour jamais dois régner sur mon ame,
S'il faut que mon trépas......

ALTAMONT.

Que ces tendres accens
Ont su calmer bientôt le trouble de mes sens !
Soutenu, consolé par une voix si chere,
Je respire un moment, je sens moins ma misere :
Quand de l'objet qu'on aime on reçoit tous les vœux,
Au milieu des tourmens, on se croit trop heureux.

ARABELLE.

Lorédan, ton rival, lui que mon cœur déteste,
Vient de m'entretenir de son ardeur funeste.
Je sais que de mon pere il fut le défenseur ;
Et de mes sens, d'abord, j'ai dû calmer l'horreur :
Mais c'est trop différer, il faut enfin lui dire
Qu'à mon cœur, à ma main, vainement il aspire,
Et qu'il verra la tombe ouverte sous mes pas
Me sauver du malheur de tomber dans ses bras.

ALTAMONT.

Lui, te donner la mort ! Que plutôt cette épée,
Dans son sang odieux aujourd'hui soit trempée !
Puissé-je sur son corps assouvir ma fureur,
Dans mes sanglantes mains voir palpiter son cœur,
Le déchirer fumant, tandis qu'il vit encore.......
Je deviendrai barbare autant que je t'adore.

ARABELLE.

Arrête, cher amant : tu me glaces d'effroi.
N'expose point des jours qui ne sont plus à toi.
Si le fier Lorédan montre un cœur inflexible,
Mon pere ne pourra demeurer insensible ;
Je saurai l'attendrir. Adieu ; séparons nous.

ALTAMONT.

Adieu. Songez à moi, qui n'ai d'espoir qu'en vous.

Fin du premier Acte.

ACTE II.

SCENE PREMIERE.

ARABELLE *seule*.

LORÉDAN ne vient pas. Fuiroit-il ma présence ?
Se croit-il déjà sûr de mon obéissance ?
Car, après un accueil si rempli de froideur,
Je n'imagine pas qu'il prétende à mon cœur.
Voudra-t-il abuser d'un pouvoir tyrannique,
M'asservir en esclave à son joug despotique ?
Périsse le mortel qui, par nous rebuté,
De nos cruels parens arme l'autorité,
Satisfait d'obtenir, dans son ardeur sauvage,
Des plaisirs sans attraits, qu'il goûte sans partage,
Et que le sentiment, qui seul fait tout leur prix,
De son charme divin n'a jamais embellis !

SCENE II.

ARABELLE, ELÉONOR.

ELÉONOR.

SUSPENDEZ la douleur dont votre ame est émue :
Lorédan va bientôt s'offrir à votre vue,
Madame : avec courage il faut lui déclarer
Cet amour qu'Altamont a su vous inspirer.

ARABELLE.

Oui ; quoique cet aveu d'une flamme chérie,

De mon sexe , toujours, blesse la modestie ,
Je vais à ses regards dévoiler mon ardeur :
L'amour, au désespoir fait taire la pudeur.

ELÉONOR.

Quoi, Lorédan viendra , d'une main forcenée ,
Briser de deux amans la chaîne fortunée !
De l'ombre du cercueil et du sein de la mort
Il s'éleve aujourd'hui pour changer vôtre sort ;
Et vous pourriez, gardant un timide silence ,
Vous laisser à l'Autel, traîner sans résistance !
Non, non : que Lorédan connoisse dans ce jour
Qu'il n'est aucun pouvoir au-dessus de l'amour.

ARABELLE.

O fille infortunée , à qui, dans sa colere ,
Le Ciel donne un époux qui ne sauroit te plaire ,
L'hymen n'offre à tes yeux qu'un spectacle de deuil ,
Et le lit nuptial se change en un cercueil !
Encor d'un front joyeux il faut porter ta chaîne ,
Quand ton cœur est brûlé des poisons de la haine.
Ne verra-t-on jamais, sous d'équitables loix ,
Mon sexe malheureux, rétabli dans ses droits ,
Et, portant aux Autels une foi libre et pure,
N'écouter que son cœur et suivre la nature !

ELÉONOR.

Pour la premiere fois, se montrant à vos yeux,
Lorédan croyoit-il emporter tous vos vœux ;
Et, sans vous consulter, offrant votre tendresse ,
Le Comte est-il lié par sa vaine promesse ?

ARABELLE.

Il conserva toujours, fidele à l'équité ,
D'un Chevalier loyal la noble intégrité.
Aux dépens de sa vie il tiendroit sa parole :
Mais il m'aime ; il est pere ; et ce nom me console.

Car

Car, en tous tems docile, attentive à sa voix,
Je tremble, s'il me faut résister à ses loix,
Et sortir du respect que l'on doit à son pere.
Ce n'est pas que mon cœur redoute sa colere :
Je brave son courroux ; mais je crains sa douleur....
On vient.... C'est Lorédan. Va, laisse-nous.

(Eléonor sort.)

SCENE III.

ARABELLE, LORÉDAN.

ARABELLE.

SEIGNEUR,
Si d'un pere adoré je chéris la présence,
Je vous dois ce bienfait ; et la reconnoissance
Pour jamais dans mon cœur grava le souvenir
Du jour où votre bras daigna le secourir.
Les tributs de l'estime, une amitié sincere,
Sont bien dus au héros que mon ame révere :
Mais ne vous flattez pas d'un chimérique espoir ;
Tout autre sentiment n'est plus en mon pouvoir.
Peut-être qu'à cet âge où l'on sort de l'enfance,
Où rien de notre cœur n'altere l'innocence,
Du flambeau de l'amour quand les rayons naissans
n'ont point encor troublé le sommeil de nos sens,
Alors, sans nul regret, sous vos loix enchainée,
J'aurois offert mes mains aux nœuds de l'hyménée.
Mais ce temps est passé. Vous connoissez, Seigneur,
L'Amant que j'ai choisi, qui regne dans mon cœur,
Que je ne puis trahir sans me souiller d'un crime,
Dont l'hymen couronnoit la flame légitime,
Quand de l'autel paré pour unir nos destins
A votre aspect fatal les feux se sont éteints.

D

Voilà le seul mortel que j'ai choisi pour maître.
Un aussi libre aveu vous étonne peut-être ;
Seigneur, sous quelqu'aspect que vous puissiez le voir,
Je n'ai pu vous tromper, et j'ai fait mon devoir.

LORÉDAN.

Sans doute un tel discours doit m'offenser, Madame.
Le sort m'a pu donner quelques droits sur votre ame :
De l'auteur de vos jours le défenseur heureux
Pouvoit, je l'ai pensé, seul prétendre à vos vœux.
Cet espoir dans les fers soutenant mon courage,
M'offroit de votre amour la consolante image.
Dans la profonde nuit du plus noir des cachots,
J'esperois que du moins vous partagiez mes maux :
Et quand je vous revois, plein d'une douce attente,
C'est peu de me montrer une ame indifférente,
A mes yeux aveuglés d'arracher le bandeau ;
Du bonheur d'un rival vous m'offrez le tableau !
Non que de votre amour j'ose vous faire un crime ;
Je sais que du trépas vous m'avez cru victime ;
Mais je viens aujourd'hui réclamer votre foi :
Puisque je vis encor, votre cœur est à moi.
A cet heureux hymen ma vie est attachée ;
Oui, de vos doux attraits, mon ame est trop touchée,
Pour se faire l'effort de renoncer à vous :
Mes titres sont sacrés, et je suis votre époux.

ARABELLE.

Si l'amour, à ce point, vous séduit par ses charmes,
Si vous sentez ainsi le pouvoir de ses armes,
Croyez-vous qu'Altamont, assuré de mon cœur,
Eprouve moins que vous de transports et d'ardeur ?
A vous offrir ma main quand vous me verriez prête,
Croyez-vous qu'il pourroit vous céder sa conquête ?

LORÉDAN.

C'est donc à la victoire à nommer votre époux.

Combattons pour un prix et si noble et si doux :
Et puisqu'à nos efforts cette palme est offerte ,
Que sur le champ la lice à nos pas soit ouverte.
Nous nous verrons , Madame, en braves Chevaliers ;
Et le vainqueur joindra le myrthe à ses lauriers.

ARABELLE.

Du sang de mon amant je serois le salaire ;
Et , couvert de ce sang, vous espérez me plaire !
Ah ! malgré vous la mort saura bien nous unir !
Sur son corps tout sanglant vous me verrez mourir.
Altamont, cher objet de ma flamme immortelle ,
Je serai de ton sort la compagne fidele :
Ou la nuit de la tombe ou le lit nuptial,
Réunie avec toi, tout séjour m'est égal.
Barbare Lorédan, si tu romps cette chaîne ,
Mon cœur ne te doit plus que mépris et que haine.

LORÉDAN.

Vous rougirez bientôt des transports furieux
Que vous venez de faire éclater à mes yeux.
Votre devoir , tracé des mains de la nature ,
Est un garant sacré sur lequel je m'assure :
Vous saurez accomplir ce qu'il attend de vous :
Vous viendrez à l'Autel me nommer votre époux :
Et j'ose me flatter que mes soins feront naître
Cet amour que déjà vous me devez peut-être.

(*Il sort.*)

SCENE IV.

ARABELLE *seule.*

AINSI sur mon devoir il se fie aujourd'hui,
Pour enchaîner un cœur qui n'est pas fait pour lui.

D ij

De son féroce amour dévoilant la bassesse,
Il veut de son rival épouser la maîtresse ;
Il prétend m'accabler de ces liens affreux,
Et croit, sans être aimé, pouvoir se rendre heureux.
Tyran, c'est sous tes loix qu'il faut que je fléchisse !
N'attends pas que mon cœur à ce point s'avilisse,
Et qu'il te sacrifie, en se livrant à toi,
Le mortel qui m'adore, et qui reçut ma foi.
De myrthes et de fleurs, la victime parée
Aux mains de son bourreau n'est pas encor livrée.
Je vais trouver mon pere : il verra ma douleur :
Je saurai le fléchir ou braver sa rigueur.

SCENE V.

ARABELLE, LE Comte DE LUSSAN.

Le Comte DE LUSSAN

(à part, en entrant).

Tu le veux, Lorédan ; je dois te satisfaire ;
Oui, je vais déployer l'autorité d'un pere.
(S'avançant vers Arabelle avec un aspect imposant.

Ma fille, dès l'instant que vous vîtes le jour,
Votre pere pour vous signala son amour ;
Et quand je prodiguois mes soins à votre enfance,
Le plaisir de vous voir étoit ma récompense.
De ces soins paternels j'ai goûté le succès ;
Le respect le plus tendre a comblé mes souhaits.
Heureux, si je pouvois, maître des destinées,
Semer pour vous de fleurs le cercle des années !
Mais hélas, à l'amour je viens donner des loix !
Il faut, dans votre cœur, qu'il s'éteigne à ma voix.
J'ai lu, n'en doutez point, dans le fond de votre ame ;
Altamont, je le sais, est l'objet qui l'enflamme :

Ce jour même à l'Autel je le nommois mon fils ;
Il s'unissoit à vous ; je vous l'avois permis.
Mais vous n'ignorez pas que le sort inflexible
Eleve entre vous deux un obstacle invincible.
Lorédan, de mes jours, généreux défenseur,
Réclame votre main promise à sa valeur :
Il faut, dans ses transports qu'il meure ou qu'il l'obtienne.
Oterez-vous la vie à qui je dois la mienne ?
M'abandonnerez-vous à l'opprobre odieux
De me montrer un traître, un ingrat à ses yeux ?
Non, vous m'arracherez à ce honteux supp ice.
J'attends de vous, ma fille, un noble sacrifice :
Faites voir, en nommant Lorédan votre époux,
Les droits que la nature et l'honneur ont sur vous.

A R A B E L L E.

De votre fille, hélas, qu'exigez-vous, mon pere !
Vous savez si mon cœur vous aime et vous révere :
Ce cœur obéissant n'a jamais résisté
Aux respectables loix de votre autorité.
Trop heureuse d'avoir un tel pere pour maître,
De ma soumission j'ai vu mon bonheur naître.
Mais, pour vous obéir, me faudra-t-il, Seigneur,
Préparer à mes jours un éternel malheur !
Irai-je à ces Autels où Lorédan m'entraîne,
Lorsque mon cœur pour lui ne sent que de la haine,
De l'aimer à jamais m'inposer le devoir,
Comme si cet amour étoit en mon pouvoir !
Quel supplice, grand Dieu ! Passer sa vie à feindre,
N'être jamais soi-même ; et toujours se contraindre,
Ne voir dans un époux, que l'on devroit chérir,
Qu'un objet abhorré, dont l'aspect fait frémir !
Ah ! me chargerez-vous de cette chaîne affreuse !
Rendrez-vous votre fille à ce point malheureuse !
O le plus tendre pere, en ce funeste jour,
Je ne vous parle point d'un déplorable amour,

D'un mortel vertueux à qui ma destinée
M'unissoit aujourd'hui par un doux hyménée !
Hélas ! en courónnant les vœux de son rival ,
Dans le sein d'Altamont je porte un coup fatal.
Oui , je vois , aux flambeaux dont l'hymen nous éclaire
Marcher de mon amant la pompe funéraire.
Mon pere , épargnez-moi ces momens douloureux ;
Délivrez mes regards de ce spectacle affreux !
Ah ! que ma liberté ne me soit point ravie !
Qu'en paix, auprès de vous, je consume ma vie :
Et, s'il faut, qu'Altamont vive éloigné de moi,
Que je puisse du moins lui conserver ma foi !

Le Comte DE LUSSAN.

Non, ma fille, Altamont ne peut vous faire un crime
De remplir un devoir dont vous êtes victime.
L'inéxorable loi de la nécessité
Ecarte le soupçon d'une infidélité.
Oui, loin que votre amant vous accuse et vous blâme ,
Croyez qu'à votre exemple il domptera sa flamme.
Vainement par vos pleurs vous voulez m'attendrir :
J'ai donné ma parole , et ne puis la trahir.
L'indigne Chevalier qui manque à sa promesse
Se couvre d'un opprobre , et flétrit sa noblesse.
C'est l'honneur qui vous parle : et si vous balancez,
Pour la derniere fois , j'ordonne obéissez.

ARABELLE.

A cet ordre cruel je ne puis me soumettre.
Dans un asyle obscur, souffrez.......

Le Comte DE LUSSAN.

Moi, vous permettre...... !

Non, ne l'espérez pas.

ARABELLE.

S'il faut qu'à vos genoux.......

Le Comte de Lussan.

Obéissez, vous dis-je, ou craignez mon courroux.

Arabelle.

D'un injuste pouvoir victime infortunée,
A cet horrible hymen je suis donc condamnée !
Mon pere, sans pitié, va creuser mon tombeau ;
Il me traîne à l'Autel, me livre à mon bourreau !

(Avec le ton du désespoir et une fureur qui va jusqu'à l'égarement.)

Vous allez donc, barbare, ordonner mon supplice ;
Et c'est de votre main qu'il faut que je périsse !
Vous, un pere ! Jamais un despote abhorré
Eut-il droit de prétendre à ce titre sacré ?
Vous n'avez plus sur moi de pouvoir légitime :
Quand vous en abusez, ce pouvoir est un crime.
Oui, je foule à mes pieds vos décrets absolus ;
J'abjure ma naissance, et ne vous connois plus.
Vous dont rien ne fléchit l'autorité sévere,
Qui, vous armant des droits et du titre de pere,
Sous cet auguste nom, gouvernez en tyrans,
Et sous un joug de fer, ecrasez vos enfans,
Voyez leurs cœurs remplis des serpens de la haine ;
Vos sujets révoltés enfin brisent leur chaîne :
Etouffant la nature, égarés, furieux,
Ils forment contre vous des parricides vœux ;
Et vous n'êtes pour eux, quand vous cessez de vivre,
Que des tyrans cruels dont le Ciel les délivre.

Le Comte de Lussan
(se jettant aux genoux d'Arabelle.)

Ma fille, si ce nom m'est encore permis,
Par pitié pour mon âge et mes cheveux blanchis ;
Pour un foible viellard........

ARABELLE

(*toute troublée, et s'efforçant de relever son pere*).

Vous à mes pieds, mon pere.....
Cessez......

Le Comte DE LUSSAN

(*en pleurant*).

Non ; cet état convient à ma misere.
Que ton pere, en perdant tous ses droits sur ton cœur,
De mourir à tes pieds goûte au moins la douceur !
Accablé de ta haine, hélas ! quand je succombe,
C'est en te bénissant que j'entre dans la tombe !
Triste et dernier asyle où tendent mes souhaits,
Mes cendres dans ton sein reposeront en paix :
Et Lorédan, des morts troublant la solitude,
Ne pourra m'accuser de mon ingratitude ;
Mon front à son aspect n'aura plus à rougir.

ARABELLE

(*se jettant dans les bras de son pere*).

Ah, mon père, c'est vous qui me ferez mourir !
Oui, contre vos rigueurs j'aurois trouvé des armes.
Mais qui peut m'en donner, hélas, contre vos larmes !
Vivez, sechez vos pleurs.... Oui, je dois renoncer....

Le Comte DE LUSSAN.

Dans mes bras paternels laisse-moi te presser.
Trésor de mes vieux ans, fille qui m'es si chere,
Tu n'as pas tout perdu, puisqu'il te reste un pere.

(*Arabelle sort appuyée sur son pere.*)

Fin du second Acte.

ACTE III.

SCENE PREMIERE.

Le Théâtre représente un bois percé de plusieurs allées. A droite, dans l'enfoncement, on voit le frontispice d'une Chapelle.

ARABELLE, ALTAMONT, ELÉONOR
dans le fond du Théatre.

ALTAMONT
(revêtu de ses armes, à l'exception du Casque).

QUE dites-vous cruelle ? Est-ce vous que j'entends?
Quoi, vous m'abandonner ! Vous trahir vos sermens !....
Non, je ne te crois pas ; non, beauté si chérie,
Tu ne peux m'immoler par cette perfidie.
En m'accablant ainsi d'une fausse terreur,
Tu veux voir à quel point tu regnes sur mon cœur.
Est-ce à toi d'employer ce cruel artifice !
Tu sais qu'en te perdant il faut que je perisse.
Moi, je pourrois souffrir qu'un autre dans tes bras.... !
Ah, cette seule idée est pour moi le trépas !
Hâte-toi de m'ôter l'erreur qui me déchire,
Ou crains que ton amant ne succombe et n'expire.

ARABELLE
(à part).

O vertu, dans mon cœur fais entendre ta voix !
Qu'il en coûte aux mortels d'obéir à tes loix !

E

(Haut.)

Hélas, il est trop vrai, le sort impitoyable
M'offre d'un triste hymen le joug inévitable !
Oui, j'ai pu renoncer par un cruel effort
A l'espoir enchanteur de m'unir à ton sort.
Victime d'un devoir à mon bonheur funeste,
De mes jours malheureux j'acheverai le reste.
Ah, puisse du chagrin le poison destructeur,
Par une prompte mort terminer ma douleur !
Mais je vois dans tes yeux le courroux qui t'anime.
L'excès de la vertu peut donc paroître un crime !
Apprends à quel mortel je t'ai sacriffié.
Regarde, à mes genoux mon pere humilié :
Il invoquoit la mort d'une voix gémissante ;
Je sens encor ses pleurs mouiller ma main tremblante ;
Ses sanglots redoublés.....

ALTAMONT.

Je ne t'écoute plus.
D'une horrible fureur tous mes sens sont émus.
Eh, doit-on s'attendrir pour un pere barbare ?
Merite-t-il de vivre, alors qu'il nous sépare ?
Lorsque ton cœur s'apprête à trahir nos amours,
Perfide, c'est à toi de trembler pour tes jours.
Oui, je puis exercer une vengeance atroce ;
Altamont furieux est un tigre féroce :
Pour moi, dans mes transports, il n'est rien de sacré.
Dans l'excès de ma rage, oui, mon bras égaré....
je succombe à l'effort de ma douleur mortelle :
Prends pitié de mes maux, ô ma chere Arabelle....
Ne m'abandonne pas !

ARABELLE

(en pleurant).

Objet de mon amour,
En renonçant à toi, puis-je chérir le jour !

Je n'ose contempler ma triste destinée.
Je tremble qu'à l'autel, où je serai traînée,
Ma main, par un forfait que le Ciel doit punir,
Ne prévienne la mort, trop lente à me saisir.
De la religion si la voix menaçante
Ne portoit la terreur dans mon ame tremblante,
Mon cœur au coup mortel s'offrant sans nul effroi
Te prouveroit l'amour dont il brûle pour toi.
Faut-il, près de l'époux à qui le sort me livre..... !
Dans tes bras, cher amant, je me flattois de vivre.

ALTAMONT.

Non, jamais de l'amour tu n'as senti les feux ;
Tu n'as su que séduire un amant malheureux,
Dont ta voix, tes regards, animoient l'espérance,
Qui n'osoit seulement douter de ta constance......
Ah ! qu'ai-je dit ! Pardonne ! oui, tu m'aimes toujours ;
Tu m'aimes ; cet espoir soutient encor mes jours.

(Se jettant à ses genoux.)

Regarde à tes genoux ton amant qui t'implore,
Qui meurt dans les tourmens du feu qui le dévore.
Ah ! le jour où l'hymen m'alloit donner ta foi
Devoit-il être un jour si funeste pour moi !
Oui, si tel est mon sort, et si tu m'es ravie,
Est-il encore un nœud qui m'attache à la vie ?
Lorédan jouiroit de ces plaisirs si doux
Que desire un amant, que réclame un époux ;
Et soumise à ses loix.... ! Dieu, ma force succombe......!
Mes vœux sont exaucés.... je vois s'ouvrir ma tombe !
Un nuage s'étend sur mes yeux obscurcis ;
Quelques momens encore, et mes maux sont finis.
O mort, viens terminer mon destin déplorable !
Ta présence pour moi, n'a rien de rédoutable ;
Déjà mes sens glacés......

(Il perd l'usage de ses sens, et demeure appuyé contre une
banquette.)

ARABELLE.

O Ciel ! affreux moment !
Malheureux Altamont ! Réponds-moi , cher amant !
Sur son front pâlissant je vois la mort empreinte.....
C'en est fait , il succombe , et sa vie est éteinte.
Que je meure avec lui ! Que ce fer dans mon cœur..,.!
(Elle se Jette sur l'épée d'Altamont. Eléonor accourt avec pré-
cipitation , et la prend dans ses bras.)

ELÉONOR.

Que faites-vous ! Calmez cette horrible fureur ;
Madame , vers ces lieux un Chevalier s'avance :
pour sauver votre gloire évitez sa présence.
Venez , suivez mes pas.

(Elle entraîne Arabelle hors du théâtre.)

SCENE II.

ALTAMONT seul.

(Revenant à lui par degré).

Quelle foible lueur
Des ombres du trépas perce la profondeur !
Ah , je m'étois flatté que j'allois cesser d'être ;
J'étois mort aux douleurs : me faut-il donc renaître !
Quel est le lieu , l'instant ou je revois le jour ?
Mes yeux cherchent en vain l'objet de mon amour.
N'étoit-ce point ici que j'adorois ses charmes,
gnois ses pieds du torrent de mes larmes !
on est venu l'arracher de mes bras :
s séparer , même après le trépas.

SCENE III.

ALTAMONT, ADOLPHE.

ADOLPHE

(aidant à Altamont à se relever).

Ah, Seigneur, modérez cette douleur cruelle !
Ecoutez les conseils de l'amitié fidele ;
Armez-vous de courage, et que votre raison,
De ce funeste amour surmonte le poison.
Fuyez loin de ces lieux, où, dans cette journée,
Par des nœuds solemnels votre amante enchainée
Vous offriroit, Seigneur, le spectacle fatal
Du triomphe odieux qu'obtient votre rival.

ALTAMONT.

Cher Adolphe, crois-tu qu'Arabelle en ce jour
A l'autel de l'hymen abjure son amour ?
Pourra-t-elle accomplir ce cruel sacrifice ?
A sa tendresse il faut que je rende justice :
Par respect pour son pere, elle va se livrer.....
Dieu, son cœur me trahit, et je dois l'admirer.

ADOLPHE.

Oubliez-la, Seigneur ; repoussez son image :
Dans de nouveaux liens que l'amour vous engage.
Une jeune beauté qu'honoreront vos vœux,
Peut changer en plaisirs ces momens douloureux :
Et l'hymen couronnant.....

ALTAMONT.

     Vaine et fausse pensée !
Arabelle en mon cœur peut-elle être effacée !

Hélas, ce cœur charmé de ses touchans attraits
A d'autres sentimens est fermé pour jamais.
Au malheur de la perdre oui ; si je puis survivre,
Son image adorée en tous lieux va me suivre.
On n'aime qu'une fois et jusqu'au dernier jour
Un tendre souvenir rappelle cet amour.
Mais je vois luire encore un rayon d'espérance.
Ami, c'est trop long-temps différer ma vengeance :
Va trouver Lorédan ; vole : je veux le voir.

ADOLPHE.

Quoi, Seigneur.....

ALTAMONT.

Obéis et remplis ton devoir.

(*Adolphe sort.*)

SCENE IV.

ALTAMONT *seul.*

ARME-toi, Lorédan ; viens, défends ta conquête :
Oui, tu ne l'obtiendras qu'au péril de ta tête ;
Et l'amant d'Arabelle, en tombant sous tes coups,
N'aura pas la douleur de te voir son époux.
Va sous un joug affreux enchaîner ma maitresse ;
Va recevoir sa main sans avoir sa tendresse :
Et puisses-tu, cruel, possédant ses appas.
La voir pâlir d'horreur et frémir dans tes bras !
Quoi, l'arrêt du destin veut-il que je périsse ?
Non : le Ciel de mes droits soutiendra la justice :
Je verrai mon rival de mille coups percé,
Et dans des flots de sang à mes pieds renversé.....
Tu recevras la mort, cette mort qui t'est due :
Je serai pour jamais délivré de ta vue.

SCÈNE V.

ALTAMONT, LORÉDAN, ALONZE, ADOLPHE.

(Les deux écuyers demeurent dans le fond du théâtre.)

LORÉDAN.

Par votre ordre, Seigneur, on vient de m'avertir
Qu'avec vous, dans ces lieux, je dois m'entretenir.
Je me rends à vos vœux. En quoi puis-je vous plaire ?
En digne chevalier je dois vous satisfaire.

ALTAMONT.

D'Arabelle aujourdhui, vous devenez l'epoux,
Et vous me demandez ce que j'attends de vous !

LORÉDAN.

Je vous entends, Seigneur. Connu par ma vaillance,
Je puis à vos discours opposer la prudence :
On m'a vu trop souvent combattre au champ d'honneur,
Pour penser que la crainte ait accès dans mon cœur.
Arabelle, il est vrai, par les nœuds d'hyménée,
Doit bientôt à mon sort unir sa destinée :
J'ai défendu son pere ; et l'effort de mon bras
A mérité pour prix d'obtenir ses appas.
C'est à vous de juger si, pour un tel service,
Mon cœur à cet hymen prétend avec justice.

ALTAMONT.

Un service si grand vous donne-t-il des droits
Pour forcer Arabelle à vivre sous vos loix !
Enfin, pour mériter le bonheur de lui plaire,
Suffit-il donc, Seigneur, d'avoir sauvé son pere !

LORÉDAN.

Soumis à ses devoirs, son cœur est vertueux ;
Et bientôt son époux obtiendra tous ses vœux.
L'estime et l'amitié, que j'ai bien droit d'attendre,
Peuvent me tenir lieu d'un sentiment plus tendre.

ALTAMONT.

Ainsi donc par vos soins vous croyez l'attendrir.
Ah, cet espoir envain flatte votre desir !
Vous verrez tout l'éclat des fleurs de sa jeunesse
Pour jamais disparoître au sein de la tristesse ;
Et, pressé par l'horreur du plus juste remords,
Vous saurez que c'est vous qui lui donnez la mort.
Mais, tant que je vivrai, tant qu'un souffle de vie
Soutiendra mon courage et ma force affoiblie,
Puis-je permettre ici que l'hymen à mes yeux
Enchaîne, sous vos loix, l'idole de mes vœux !
Puis-je me voir ravir les charmes que j'adore,
Et souffrir qu'un moment le ciel m'éclaire encore !

LORÉDAN.

D'Arabelle, avant vous, j'avois reçu la foi :
De me suivre à l'autel, tout lui prescrit la loi.
Du droit le plus sacré, si ma tendresse abuse,
L'objet de mon amour me servira d'excuse ;
Et ce rare trésor que je dois posséder·
N'est pas un de ces biens que l'on puisse céder.

ALTAMONT.

Que la victoire donc de notre sort décide ;
Suivons, sans différer, le transport qui nous guide,
Et que sur le tombeau d'un rival odieux,
Le vainqueur, de l'hymen puisse allumer les feux.
Tandis que le soleil nous prête sa lumiere,
Votre sang ou le mien doit rougir la poussiere :
Allons.

LORÉDAN

LORÉDAN.

Vous le voulez, je dois y consentir ;
Il faut voir de nous deux qui doit vaincre ou mourir.

(*Les deux Ecuyers arment les Chevaliers de leurs casques. Ils se
battent quelque temps avec leurs épées : enfin, Lorédan renverse
Altamont et le désarme.*)

Chevalier, le destin me donne l'avantage ;
Mais vous avez montré le plus noble courage :
Supportez un revers qui n'a rien de honteux.

ALTAMONT.

Ah, donnez-moi la mort ; c'est combler tous mes vœux.

LORÉD·AN

(*aidant Altamont à se relever*).

Vous ne voudriez pas qu'une action si noire
D'un vaillant Chevalier déshonorât la gloire.
Souvenez-vous qu'on peut, déployant sa valeur,
Combattre sans succès, mais non pas sans honneur.

(*Il sort avec son Ecuyer.*)

SCENE VI.

ALTAMONT, ADOLPHE.

ADOLPHE.

Ah, seigneur, plus le sort pour vous est inflexible,
Plus il faut vous armer d'un courage invincible.

ALTAMONT.

Ciel, peux tu contre moi lancer de nouveaux traits !
Voilà le dernier coup que tu me préparois.
J'ai vu mon ennemi suspendre sa furie,

F

S'arrêter à l'instant, et respecter ma vie.
Sa générosité, m'enchaînant pour toujours,
Me défend désormais d'attenter à ses jours.
Quel sera mon refuge, et quel espoir me reste !

ADOLPHE.

Seigneur, éloignez-vous de ce séjour funeste.

ALTAMONT.

Connois-tu cher ami, quelque désert affreux
Où fuyant la lumiere, un amant malheureux,
Seul avec sa douleur dans un antre sauvage,
Le cœur toujours rempli d'une trop chere image,
Préférant aux humains les monstres des forêts,
En creusant son tombeau, puisse mourir en paix ?
Là, je pourrai peut-être attendre avec constance
Le terme souhaité d'une triste existence ;
Là, j'irai de mon sort épuiser les rigueurs ;
J'irai traîner ma chaîne et dévorer mes pleurs.

ADOLPHE.

Cessez de m'affliger par ce triste langage,
Et de votre raison faites un noble usage.
Contre l'amour l'absence à des secours puissans,
Et la blessure enfin se ferme avec le temps.
Fuyez, ne tardez plus.

ALTAMONT

(*avec un calme affecté*)..

Oui, mon ame égarée
Doit suivre le flambeau dont elle est éclairée.
Malgré le désespoir dont j'éprouve l'horreur,
La voix de la sagesse a pénétré mon cœur.

(*La nuit se répand sur le Théâtre*).

La nuit couvre les cieux de ses ombres funebres,
Et de ce bois obscur épaissit les ténebres ;

Ami, de mon départ va faire les apprêts :
Il faut de ce séjour m'exiler à jamais.
Oui, bientôt Altamont, dans son nouvel asyle,
S'il ne peut être heureux, du moins sera tranquille.
Va ; je te suis.

ADOLPHE.

Seigneur, vous comblez mon espoir.
Il est beau de remplir un rigoureux devoir :
C'est par de tels efforts qu'on affermit son ame ;
Et tout devient possible à qui dompte sa flamme.
Je vais tout préparer.

(*Il sort.*)

SCÈNE VII.

ALTAMONT *seul.*

Je suis libre, et mon cœur
Peut au sein du tombeau déposer sa douleur.
Ma force se ranime, et mon ame sans crainte
Contemple du cercueil la ténébreuse enceinte ;
Et le froid de la mort, qui glace tous mes sens,
Vient, par un calme heureux, suspendre mes tourmens.
Vaste et profonde nuit, impénétrable et sombre,
Abîme du trépas, reçois-moi dans ton ombre !
Je vais, en m'élançant dans ton obscurité,
Des mondes inconnus franchir l'immensité.
Si cet autre univers, à nos yeux invisible,
Ne peut me recevoir dans un séjour paisible,
Mon esprit immortel, dégagé de ses fers,
Pourra connoître au moins les secrets des enfers :
Leurs gouffres enflammés n'ont rien dont je frémisse ;

Est-il encor pour moi quelque nouveau supplice !
Mourons......

(*Il tire un poignard caché sous ses armes.*)

Quoi, mon rival triomphe à mon trépas !
Il épouse Arabelle.... et bientôt dans ses bras ! ....
Spectre qui me poursuis, ô fantôme inflexible,
Cesse de me montrer cette image terrible !
Ah ! dans la profondeur du séjour ténébreux,
Mes yeux ne verront point un objet plus affreux !
O furie implacable, obstinée à me suivre,
Il faut de ton aspect que la mort me délivre ;
Que ce poignard !....

SCENE VIIIe. et derniere.
Tous les personnages de la Piece.

(*Plusieurs Domestiques , portant des flambeaux , traversent le théâtre. On voit un cortege formé par des Chevaliers , précédés de leurs Ecuyers. Lorédan paroît , superbement vêtu. Arabelle s'avance , appuyée sur son pere. Eléonor est à son côté. Ils marchent vers la chapelle , qui est à droite. Altamont , qui avoit le bras levé pour se frapper , s'arrête en contemplant ce spectacle*).

ALTAMONT.

O ciel ! O spectacle d'horreur !
Tous les traits de la mort s'enfoncent dans mon cœur....
Il va donc s'accomplir ce funeste hymenée !
La victime s'avance, à l'autel entraînée......
Je frémis..... je m'égare...... un horrible poison
Fermente dans mon sang et trouble ma raison.
Je vais du ciel vengeur défier le tonnerre.
Je vais, d'un crime affreux, épouvanter la terre.
Je ne puis résister à ce transport fatal.....

Puisque mou bras ne peut immoler mon rival ;
Je vais plonger ce fer dans le sein d'Arabelle ;
C'est le moment..... frappons.

(*Il s'élance , en criant*)

Meurs et sois moi fidelle.

(Lorédan *se retourne ; et voyant Altamont près de frapper Ara-*
belle , il lui saisit le bras. Les Ecuyers viennent et le désarment.)

LORÉDAN.

Malheureux Chevalier , quelle horrible fureur!

ALTAMONT.

Ah ! du moins enfoncez ce poignard dans mon cœur !
J'ai mérité la mort.

Le Comte DE LUSSAN.

O transport effroyable !
Altamont , envers vous je ne suis point coupable ,
Et c'est pour m'obéir que ma fille à l'autel....

LORÉDAN.

Arrêtez : c'est mon cœur qui seul est criminel.
Oui , de cet attentat c'est moi qui suis la cause ,
Et voilà les malheurs où l'amour nous expose.
Je devois aujourd'hui , triomphant de mes feux ,
Envers ces deux amans me montrer généreux ,
Et respecter les droits d'une ardeur mutuelle ;
A mon devoir enfin la raison me rappelle ;
Trop heureux d'être encore à temps de le remplir !
La vertu le commande , il lui faut obéir.
Mes yeux se sont ouverts ; une force suprême
M'élève , en ce moment , au-dessus de moi-même.
D'un sentiment nouveau les charmes plus puissans
Me font braver l'amour qui subjuguoit mes sens ;
Il ne régnera plus sur mon ame agitée ;

L'humanité me parle, et seule est écoutée.
Arabelle, mon cœur vous chérira toujours ;
Mais je ne ferai plus le malheur de vos jours :
Possédant votre estime, et fier de mon partage,
Je vous honorerai par le plus pur hommage.
Amans infortunés, désormais réunis,
Vivez, soyez heureux, tous mes vœux sont remplis.
(Il met la main d'Altamont dans celle d'Arabelle).

ALTAMONT.

O surprise ! ô bonheur ! Dieu ! que viens-je d'entendre !
Seigneur, se pourroit-il !... Quoi, vous daignez me rendre...

ARABELLE.

Ah ! quels droits sur mon cœur vous donnent vos vertus !
Mais, livrée aux transports dont mes sens sont émus,
Seigneur, puis-je parler de ma reconnoissance !

Le Comte DE LUSSAN

(à Lorédan).

M'acquitter envers vous n'est plus en ma puissance,
O mon fils ! vous voyez tout ce que je vous dois ;
Vous me donnez la vie une seconde fois.

ALTAMONT.

Mon vainqueur, mon ami, mon bienfaiteur, mon père,
Car il faut sous ce nom que mon cœur vous révère ;
Ah ! quel présent du ciel, quelle digne faveur
Peut vous dédommager enfin ! . . . .

LORÉDAN

(serrant Altamon dans ses bras).

Votre bonheur.

FIN.